[A CASA COMUM]

[A CASA COMUM]

· KAIO CARMONA ·

COLEÇÃO DESASSOSSEGO

QUIXOTE + DO
EDITORAS ASSOCIADAS

Dados Internacionais de Catalogação na Publicação (CIP)

Carmona, Kaio
[A casa comum] / Kaio Carmona. – 1. ed. – Belo Horizonte : Quixote Do, 2020. – (Desassossego ; 1)

ISBN 978-65-86942-06-4

1. Amor - Ficção 2. Ficção brasileira
I. Título II. Série.

20-42529 CDD-B869.3

Índices para catálogo sistemático:
1. Ficção : Literatura brasileira B869.3

Maria Alice Ferreira — Bibliotecária – CRB-8/7964

revisão valter braga
supervisão alencar fráguas perdigão
coordenação editorial luciana fonseca tanure de castro
assistência editorial sofia rossi
capa, projeto gráfico e diagramação caroline gischewski
lettering roberto bellini
foto de capa laura ockel
comunicação e marketing claudia brandão, sandra nascimento
comercial cláudia masini tonioni
tecnologia de informação alessandro guerra

QUIXOTE+DO EDITORAS ASSOCIADAS
WWW.QUIXOTE-DO.COM.BR

para Graziela

E assim descansam os dois amantes um ao lado do outro.
A quietude paira sobre sua morada; anjos serenos,
seus afins, olham-nos do espaço. E que momento feliz
aquele em que, um dia, despertarão juntos!

Goethe, As afinidades eletivas

Estou indo embora.

Vou falar sem rodeios para evitar desentendimentos e para sermos sinceros um com o outro. Colocar um fim nisso tudo.

Já não nos falamos e não quero mais brigar, não quero mais isso para minha vida. Estou levando algumas coisas, roupas a maioria. Depois vejo como retirar meus livros e dividimos as coisas do apartamento.

Tivemos uma história, mas acabou. Sigo em frente. Espero que você siga também. Dar um rumo para nossas vidas e sair dessa angústia em que nos encontramos. É difícil falar sem imaginar que podemos nos machucar ainda mais.

Por favor, não me procure por um tempo. Será melhor ficarmos um tempo sem nos ver e nos falar.

O tempo melhorará as coisas entre nós.

ela

cansei. pronto. é isso. ponto final. já não suporto mais, já não dou conta. é isso. o amor acaba. não tem mais jeito. o amor realmente acaba. todo livro tem a sua última página, o último parágrafo. é preciso atribuir os devidos créditos ao filme que se encerra, sair da escuridão da sala. é sabido, é esperado. antes disso, as estratégias. aprende-se a ler com mais calma, deixa-se de ir ao cinema. mas mesmo em casa a cena tem de chegar ao fim. as diversas possibilidades do enredo já foram pensadas, inventadas, testadas, e quaisquer delas levam ao mesmo lugar. agora posso ter a certeza. a certeza de meu momento. o que sei agora é o que sou agora. um epílogo. uma constatação. cumpro um destino. etapas que um dia pensei existir, mas passavam distantes como notícias. palavras que orbitam em torno de um mesmo eixo e que apontam para um mesmo sentido. o fim. e é claro que imaginei isso um dia. o fim. devaneei. sonhei. fiz o exercício. rezei a cartilha da história. vislumbrei vãos e trilhas.

repeti as mesmas palavras até me acostumar com o peso e o gosto na boca. as arestas e na outra ponta os buracos. feri de propósito a língua e achei que conhecia bem a densidade de meu sangue. apalpei nervosa o amanhã. não fui a primeira e não serei a única. mas não achei que esse dia chegaria tão rápido no meu calendário (o calendário e a sua falsa impressão de futuro). e que teria de ser meu o gesto. a ruptura. o corte. o voto de minerva. que teria de ser eu a moldar os contornos da palavra não. expeli-la calmamente. em ritmo. cadenciado. medindo a curvatura da boca para melhor desenhá-la no ar, como peixes em aquários. deixar cair do queixo a palavra e apresentá-la como um cartaz, um aviso, faixa de protesto, ao menor sinal de dúvida. eu, que fui forjada para o sim, moldada para o sim, agora sigo em contramão. sou eu a matar de vez o amor. cortar seus últimos vestígios de vida, ver o fôlego findar-se, suspenso no ar. eu, a assassina. eu, o monstro. eu, a autora da ferida. mas insisto, cumpro um destino. a vida útil do amor, o prazo do amor. cansei. preciso sair e andar.

deixar este apartamento, descer escadas, alcançar a portaria do prédio, abrir o portão, sentir direto no rosna calçada. cinza e cinza. e lixeiras. o asfalto ainda quente do sol da tarde parece mais quente ainda, vaporizado. desde muito jovem cultivo o hábito. sem itinerário prévio ou destino. meus passos e meu fôlego. só depois é que consigo ritmo em meus pensamentos. isso deixa minha mente mais calma. o pensar fácil. os jornais todos noticiam a baixa umidade do ar, a falta de chuva, a cidade em alerta. minha garganta arde. não há ar para todo mundo no mundo.

a brutalidade do tempo. o tempo e as mulheres. as mulheres e o tempo. as memórias das mulheres e do tempo. é um prêmio zeloso carregá-las. lembrar o vivido é viver um pouco mais, a comunhão com o meu tempo, a lida com minhas irmãs, meus irmãos. (a busca pelo amor) é também um peso que nos atrapalha os passos. andamos desajeitadas. a pressa nos impede de andar mais rápido (em direção ao amor). e eu me sentiria ridícula tentando correr carregando esse baú da memória pela rua. e é claro que eu também já sabia disso. burra. teimosa. orgulhosa. pensei um dia ter a fórmula e sorri de lado. senhora de mim, desfilei arrogante minha certeza, desdenhei o acaso, ignorei o tempo. andei descalça e sem medo entre cacos de louça e espelho. não notei a poeira que se acumulava na cristaleira. mudei móveis de lugar, comprei roupas, fiz cursos, palestras, escrevi artigos, li. mas permaneci calada. paguei o preço do silêncio. quando quis falar, a voz não saiu, nos perdemos entre gritos e grunhidos, olhares e dedos em riste. as paredes cresceram, as portas só tinham um lado. acusação. nenhuma defesa se levantou por nós. o jantar à francesa na fogueira de costas um para o outro. procurei pensar a minha vida caso isso acontecesse, planejei, me preparei, construí minha defesa. mas é sempre esse baque, esse mancar de pé, esse peso na nuca. não. e vejo o medo me acenando e sorrindo como convite e boas-vindas. não. não. e não.

uma moça bem jovem passa ao meu lado com sombrinha e carrinho de bebê, a criança olha para mim durante o tempo que permaneço ao lado. sigo em direção ao mercado do bairro pela rua de cima, uma pequena volta, mas a rua pouco movimentada e com algumas marquises ajuda a tornar mais agradável o percurso. a construção aqui ao lado iniciou há pouco tempo, já anda adiantada. caminhões na porta, homens subindo e descendo da edificação. máquinas de toda sorte. estão todos concentrados no serviço, absortos na vida. ferragens, tijolos, areia e poeira. já não bastasse a secura do ar. poeira por todos os lados. será outro prédio comercial? havia uma casa no lugar, acho que pintada de um rosa claro, alpendre na frente e um pequeno jardim. uma garça desbotada enfeitando o jardim. havia uma senhora varrendo a frente da casa, se bem me lembro. o final da rua dá em uma avenida larga e movimentada. carros demais. barulho demais. não preciso ir até lá. antes desço à esquerda em pequena rua para sair de frente ao mercado. ver gente. passar entre as gentes.

mas agora o temor se foi, nem o medo ou ansiedade pelo depois me acompanha, e sinto um cansaço imenso do que foi. do que fui. do que podia ter sido e nunca foi. aquela desordem que me lançava de um livro a outro, de uma música a outra, de um filme a outro, de canto a outro, a uma única pessoa, esvaziou-se, tornou-se rotina, silêncio, sem variação, um tipo de repouso se instalou e parei no meio, cansada. um repouso incômodo. o impacto de seu nome era agora mensurável. hoje sigo. apenas. oca. farpa. e o amor me parece longe. lajeado.

ascético. limpo demais. só uma palavra. amor. como a professora de português na minha infância fazendo o ditado, pausado, curto, longe, fora de moda. a professora. o ditado. a língua. um discurso apenas. decorado. repetido. ladainha de novena. como uma música enjoada que ouvimos em algum lugar e fica martelando na cabeça. não sei como aconteceu.

esta praça sempre foi simpática, mas hoje mães e babás desfilam carrinhos e roupinhas novas dos pequenos. disputam as sombras das poucas árvores. pelúcias, acolchoados. crianças demais. lenços e fraldas, brinquedos. os equipamentos de ginástica da prefeitura estão todos vazios. as rádios noticiaram o perigo de exercícios físicos ao ar livre nesta hora. tento atravessar a rua depressa e um carro passa rente, não consegui ver se na direção estava um homem ou uma mulher. estou distraída, preciso me concentrar no momento. aqui e agora. sentir minhas pernas e os meus pés nas sandálias. sentir a minha coxa se apoiar no joelho para a próxima passada. a engenharia do corpo, todo esse universo conectado para me manter viva. o sangue correndo pelo corpo. o meu corpo pulsante. respirar. respirar fundo. inspirar e expirar. inspirar e expirar. devia ter trazido um casaco. parece que daqui a pouco vai começar a esfriar. parece que o tempo muda de uma hora para outra, nem mesmo os meteorologistas, com tanta tecnologia, com tanto tempo de pesquisa, com tanta gente envolvida, conseguem nos dar uma previsão exata do clima e da temperatura. alcanço a calçada larga da drogaria. estou momentaneamente segura. estou sem fôlego e preciso acalmar o meu corpo, controlar a respiração.

e agora me sinto nua, terrivelmente nua. a violência do corpo. minha intimidade ao vento (o vento sempre me incomodou). nem por isso me sinto mais leve. atirei ao chão meu passado. mas o amor é chantagista, velho negociante que impõe condições. não bastava ser amante em tempo integral. não bastava amar as plantas entre as pedras, os gatos, as poças de água no chão, um avião no céu, o voo pronto nos pássaros, os sorrisos todos (sempre achei que a imagem mais próxima do amor fosse a de um elefante em sua manada. ou de uma velha biblioteca de muitos andares). não. o amor quis mais. o amor sempre quer mais. que merda. que merda. não posso me retirar um instante sem ser banida? a parábola do filho pródigo é uma balela. na realidade, o amor retira muito mais do que dá.

paro na sorveteria, mas a fila me dá imensa preguiça. os homens na loteria olhando as nucas dos homens da frente. o mercado. ultrapasso a porta de entrada. aqui as conversas se misturam, madeira e palha. a natureza normativa do açougue. a exuberância indecente e tranquila do açougue. toda a história da violência. os diferentes tons de vermelho mole na vitrine criando um contraste irritante com a roupa branca dos açougueiros, a arrumação das peças como um armário de roupas, costelinhas, lombos, linguiças e pernis dependurados, enfileirados um a um, cabides de carne, as caixas das coxas e sobrecoxas, coraçõezinhos temperados, a fina pele transparente que cobre os peitos de frango, avantajados, robustos, a carnificina organizada, o brilho das facas nas mãos dos homens. as luvas metálicas. no fundo passa um homem carregando meia banda de um porco sacrificado. sangue e sangue.

agora estou a falar do amor como uma teoria do amor. tese científica. o amor. a busca cansativa do amor. essa viagem para um destino sem assento e sem bagagem, os bilhetes trocados, vagões vazios passando sem parar. se quisermos, temos de entrar com o comboio em movimento. o amor. só a promessa de um lugar a visitar, cartão-postal envolto em brumas e apinhado de placas em línguas que não conhecemos e que mais parecem um aviso para outros viajantes que ali estarão, não para mim, nunca para mim. quando achei que a geografia estava limpa, de horizonte aberto, com mais um caminho conhecido a trilhar, ele tomava outro destino, eu rodava em círculos na mesma encruzilhada. sozinha. rodei exausta em torno de mim mesma, só olhava a estrada longe que passava sob o mesmo ângulo enquanto rodava, rodava e rodava.

preciso me sentar. penso nas cadeiras da sala do apartamento. foi com orgulho alegre que vi e decidi sem hesitar comprar as cadeiras da sala. brancas, a napa imitando couro, as cabeceiras altas, confortáveis. eu gostava de nelas sentar para tomar meu café, organizar a agenda da semana, o cardápio do fim de semana. acho que sinto fome, e no mercado há uma variedade imensa de refeições. isso me incomoda. aquele menino que me olha sempre me pede dinheiro. vive por aqui. há muito tempo não como um pastel com caldo de cana. quando o vi a primeira vez, assim que me mudei para cá, ele era ainda mais menino. os pés no chão. hoje ele não me pediu. bebo apenas o caldo de cana, muito doce e gelado, o pastel de queijo fica pela metade, o guardanapo engordurando o prato de alumínio.

e um sentimento de tristeza me toma como um domingo à tarde. a culpa petrificada de um templo. quero me deitar e me enredar em mim mesma. sentir saudade. e é claro que houve um tempo em que nele eu me perdia, um tempo em que sentia sua vontade, urgente e necessária. e eu me fazia mole, entregue, também ardia (bastava pouco para isso). no amor, a divindade e o temor. acho que foi aí, ou um pouco antes ou um pouco depois, eu quis, acho que mesmo violentamente. eu quis tudo, eu quis mais. nesse movimento caí como um corpo que cai. como em um túnel. como na angústia de um túnel. foi quando percebi que o tempo passava. depois o amor foi apenas cálculo, metas diárias, gestos repetidos, cadernos de partituras. não passamos na prova do fogo e da água. tamino e pamina fracassados. não consegui confundir mais meia-noite e meio-dia.

o menino me olha de longe e não esboça reação alguma. apenas olha. pago o lanche e quando me volto o menino não está mais lá. um segurança alto e forte vestido de verde para no corredor lateral. ele vê que estou olhando e sorri. seus dentes muito brancos iluminam a pele negra, ou a pele negra é que ilumina os dentes muito brancos.

hoje o amor deixou de ser indômito, o que sinto é saudade de um tempo explícito. como as damas-da-noite, aquelas flores que se abrem por uma madrugada apenas. esperam, se preparam para aquele gesto, sentido de toda abertura. febril. mas o amor tem suas garras e mora nas sombras, mesmo que o pintemos de ovelha passiva e branca e iluminada em pasto aberto. (sonho uma poeta que um dia colocará o artigo feminino no amor.) a besta-fera amor. a fera. não consegui amansar o amor. do alto de minha cadeira, acompanhei em horror o amor devorar meus pés, arrancar um a um os meus dedos. senti suas finas unhas espetarem meu olho. afônica, deixei que mastigasse minha orelha, decepasse minha língua. deixei que me devorasse. e quanto mais entranhava suas garras em mim mais oferecia meu peito.

é certo que eu também coloquei o amor à prova para testá-lo e conhecer a fundo seu rosto. mesmo com medo, quis desmascará-lo. cerquei-o, coloquei-o em gaiola para vigiá-lo, era meu, meu, só meu. se pudesse, o engolia e o paria para tornar a engoli-lo. coloquei à mostra camadas de gordura, as dobras viscosas de minhas entranhas, o ranger de meus ossos, unhas quebradas, solas dos pés, a raiz do cabelo e pus. vi o amor extremoso me oferecer segurança quando o que eu queria era cuidado. me escondi como um cão ameaçado na rua, o rabo entre as pernas, os olhos lacrimosos.

e conheci o amor. não como esperava. não como desejava. não como sonhava. e quando o conheci já não era meu. fracassei. me deixei enredar pelas minhas próprias palavras. dei a ver a arquitetura de meu plano. duvidei quando me avisaram que o amor consome quem o contempla. duvidei quando me disseram para permanecer alerta. depois não foi mais possível recuar. o gesto se tornou vazio. tropecei em mim mesma. achei que meu corpo era o bastante. tornei-o menino e, levianamente, como uma mãe, exigi obediência. desesperada, vi o amor caminhar adiante, sair pela porta da frente, passar jardim e portão, chegar à rua, calmamente dobrar a esquina e sumir de vista.

e me pergunto se será esse o meu enredo. repetir a história de minha mãe, de minhas irmãs, de minha amiga, das mulheres todas. os homens parecem nunca questionar o amor, é difícil acreditar que aceitam a vida assim pronta e acabada. eu tenho ao menos que inaugurar novo destino. e agora me calo, muda, em consonância com o que há em mim. o silêncio se assenta em minhas pernas, se acomoda em meu estômago. o meu corpo se arqueia. qualquer toque é um susto. e o desejo é como aquele mal-estar que um dia se sentiu. só resta vaga lembrança enjoativa. distante.

tenho de voltar a caminhar agora, a tarde está caindo e começa a soprar a brisa fria, o anúncio da noite que está por vir, uma variação tremenda. derreter-me em meu vestido de dia, o pano frio e roxo da noite. a morte é sonho de dia e vigília de noite. caminho para pensar, mas percebo que dou voltas em mim mesma. tenho de prestar atenção em minha respiração. poderia dizer desacelerar mas essa palavra me levaria de pronto a pensar no carro que deixei em frente ao prédio enquanto me despedia do apartamento, as minhas roupas no porta-malas, alguns livros e documentos, porta-retratos. o que é importante levar de um fim? o carro estacionado como que me esperando para me levar daqui. tenho de voltar a caminhar. pensar um pouco antes de voltar ao carro e partir. não adianta adiar o momento. uma hora terei de partir, uma hora terei de assumir a partida.

e se o amor é essa busca inadiável pelo que é inadiável, se as metáforas utilizadas não conseguem configurar o amor, ao menos posso agora ter a ideia do que não é amor, estômago ou peito, tanto faz. o que sei é sobre o não amor. mil vezes tentando partir. do amor, só a vontade de falar pela casa, as paredes ouvindo, me vigiando. agora o que me resta é lembrar o amor como uma nuvem pairando sobre minha cabeça, sei que ela está aqui bem acima, quando levanto os olhos e a procuro não encontro nada além de minha testa. embora sonhasse desde muito cedo esse mapa em quase todas as suas linhas como a palma de minha mão. e desconheço alguma saída.

vejo agora que os meus movimentos foram instintivos e que apenas segui buscando e recolhendo o amor que me cabia entre ele e eu. fêmea cheirando no ar o amor e esperando. semente levada pelo vento, esperando a umidade da terra para mergulhar. água de rio que se deixa levar mansa por entre margens e pedras, machucando extremidades e ventre. à espera. maldita penélope. agora já não adianta mais. agora todo o leite, vinho, sangue, suor, sêmen já foi perdido, expelido, extraído, derramado ao chão. sem volta. não há mais choro ou ranger de dentes. e se bem me lembro (como se fosse ontem e antes de ontem, o ano passado, longe demais) percorri todo o caminho que me era possível, o que me coube nessa janela. julguei ter meu nome escrito nessa cartografia do amor. achei que merecia meu papel, meu espaço, fosse aurélia na janela, fosse o encontro de iracema, fosse o destino de lúcia, fosse atriz, fosse beatriz. o direito de envelhecer. achei que todo o tempo era perdido antes dele. aí quis o futuro a fórceps. ou um modo de não me ver capturada, presa, mesmo caminhando certeira para a sabida armadilha.

fiz o que fiz do que foi feito. meu espírito, com o que havia de corpo nele, buscava um endereço apenas, um nome apenas, como tinha de ser. a carta chegou ao destinatário, o recado lido, eu estava ali. e não me importei com o modo como ele abriria essa carta: se tomaria cuidado e aos poucos forçaria a abertura para outro gesto; se ansioso tomaria as beiradas e de um só golpe o corte era feito e o restante permaneceria ainda quase intacto; se adiaria o movimento deixando para amanhã, e depois de amanhã, o momento inaugural. ou se possível, com ele, experimentasse os três, os muitos modos antigos e novos, um jeito seu de amar uma mulher. pensava nele como uma surpresa reconhecida. aniversário. roía as unhas. eu era a tela e a plateia. plantada à sua frente. também dancei as sete voltas, buscando o melhor ângulo para aquela luz. para aquela foto. fui moldura para ele. (e o amor sussurrou aos meus ouvidos – são dois pra lá, dois pra cá.) ele ali em frente não tinha nada e era tudo para mim (de novo ouvi em meus ouvidos). mesmo desajeitada, aceitei o passo, e ele não desarmou a bomba-relógio em mim. era meu o momento. vi a palavra despontar em mim. amor. era frágil, mas rompeu derme e epiderme. me pus voraz. a fruta dentro da casca. e no meio do medo ergui a cabeça mais me fazendo notar. conheci nos seus olhos (me pergunto se é possível esquecer) o fascínio. era eu refletida em suas retinas. tremi e segui em frente num só fôlego. tremi três vezes e entreguei ali de boa-fé as chaves. volitiva. sabia de meu destino. uma mulher e sua hora. o momento ficou suspenso. senti meu sangue. eu observava em câmera lenta. em grande plano. não sei se ele percebeu de fato, me entreguei naquele momento. mesmo fingindo que não era comigo. mesmo fingindo naturalidade. o amor em estado bruto. saído da terra. deixei sua mão pousar em minha cintura ao mesmo tempo que pegava a outra mão e o direcionava para o caminho que eu mesma escolhia. e eu disse sim. três vezes sim. as tintas do acaso escreveram meu nome no livro do amor.

e todo ele era uma carta a ser lida, relida, licorosa. eu era heloísa; ele, abelardo. depois desse momento, achei que nada poderia nos separar. criei saudades. eu que apenas ouvira falar do amor agora tinha a meu dispor todo o seu repertório e me tornei repetitiva. o amor era um grifo de vinte e seis patas pisando a mesma frase, meu alfabeto. não havia variação. um nome apenas. amor. e fiquei a ouvir a pedra cair no poço. a palavra imensa e inesperada. achei que estava voltando para casa. um lugar no redemoinho. vi a minha respiração pulsar no pescoço dele. vi nascer de minhas mãos o ciúme. recolhi-o em minhas águas e o guardei. como se de meu mundo aquático ele não pudesse nunca sair sem de todo se molhar. não carecia de limites. medusa, quis petrificar aquele momento e sonhei meus cabelos enredando-o. ariadne, desfiei meu novelo a guiá-lo pelo labirinto. helena, vi exércitos por mim e o tropel de seus cavalos. isolda, achei que o amor venceria até a noite, até a morte. dele me separei para mais estar com ele. tive saudade do futuro. e o que pode mais uma criatura senão amar, amar e mais amar?

me sinto cansada, me pergunto se já é hora de retornar. sigo em frente, saio na rua ao lado do mercado. um grupo de estudantes passa ligeiro em sua algazarra. febris em seus hormônios. a juventude vem como um susto, como tapas ligeiros. primeiro em gritos e depois na correria. são todos iguais, nem sei direito quem é menino ou menina. e não me importa. do outro lado um casal morador de rua se ajeita sob a marquise. têm papelões, cobertores azuis já rasgados e muito finos para a noite, um carrinho de compras e um cachorro amarelo. armam lonas e proteção. a mulher parece cansada demais para ajudar o homem na arrumação de suas coisas. usa vestido velho e bonito. ela se senta, e o vestido sobe mostrando as pernas. ambas as canelas exibem roxidões, poeira de asfalto e feridas. a população de rua tem aumentado dia após dia na cidade. de vez em quando os homens da guarda municipal vêm e arrancam tudo o que eles têm. afirmam que são excessos os objetos daquelas pessoas e que suas coisas estariam atrapalhando a cidade. covardes.

mas tudo isso me vem agora como um sopro longínquo. anedotas de avó. romance do século dezenove. tinta dourada. ficção. não me serve nem para uma tarde. nunca me entregou nenhuma resposta, não possui estofo algum, sem risco ou qualquer delícia. como assumir toda a responsabilidade por uma escolha se eu não sabia o que iria acontecer? (o tempo sempre repete a mesma canção?) o amor é mesmo um labirinto de mal-entendidos onde a saída não existe. a névoa é toda a maquiagem do amor. e a realidade me veio no estalo. a imagem anêmica. ele. ele em seu restrito mundo das ideias, o pálido mundo sem graça dos homens. a cômica insegurança da virilidade. destino insosso. uma personagem de um pobre teatro que se desfaz, esvaindo-se pelas frestas do chão em uma fuga líquida, água podre.

a calçada acaba, a rua sobe íngreme. o asfalto depois de determinado ponto vira calçamento, o mato ainda que pequeno aparece de um lado e outro na rua, avança sobre ponto e outro da calçada destruída. cimento fraco. aqui o bairro parece se dividir. do lado de cima, as ruelas da entrada da favela. do lado de baixo, o desfile arrogante da classe média, carros e óculos escuros, como se fossem melhores que todos, superiores, os escolhidos de deus ou os que sabem tomar as oportunidades da vida, o que dá na mesma para eles. cultuam com ritos a propriedade privada, sempre olhando o lado de cima com desconfiança, esperando com fé o dia em que o morro simplesmente desapareça. de cima vêm o flanelinha da rua, as atendentes da padaria, o menino pedinte, o segurança do mercado, as balconistas da drogaria, as macabéas do bairro. de cima vem a minha diarista, madura e sorridente. queimada de sol, com os olhos baixos e o pescoço enrugado, cortado por listras que se dobram um pouco umas sobre as outras, tenta a todo custo esconder os cabelos brancos sob um lenço que nunca a vi retirar. pisada e repisada pela vida. aqui de cima é que eu também vim, descendo cedo todos os dias para o colégio no táxi de meu pai. ele, sério, metido em seu uniforme da cooperativa; eu, sonolenta em meu uniforme de colégio azul-marinho. ele me dizendo dos perigos do trânsito e da vida, da eficiência de um motorista para o dia de trabalho da cidade. eu pensando no mapa do mundo no fundo de minha sala de aula, tanta gente, tanta terra, eu não podia passar a vida entre carro, escola, carro e casa. ele fazendo planos para o meu futuro; eu envergonhada de meu cabelo esticado a escova por minha mãe. meu pai desfilando normas e condutas, instruções e cuidados, informando os caminhos de deus e todo o seu paideuma de leis e provérbios; eu pensando na voz do meu professor de física. ele, profeta, mostrando como devia seguir os passos de minha mãe, honesta, econômica e religiosa, uma mulher de verdade, ele dizia. eu pensando se minha melhor amiga estaria na sala me esperando. respiro fundo e dou o primeiro passo.

e o que me resta é falar e falar e falar do que já foi. do que não foi dito. colocar o amor em um mesmo diapasão daquela viagem ao deserto de atacama, do cinema na quarta-feira, do convite para ser madrinha do sobrinho, das bolhinhas de espumante estourando perto do nariz, da pele queimada de sol de meu pai, do bigode de meu pai, do cheiro da torta de maçã e do café fresco, do emprego sonhado e conquistado, da roupa de cama nova, do encontro com a amiga de infância, do fim de um semestre, do chocolate quente e grosso na velha caneca, do domingo de manhã de um inverno, da expectativa de um feriado, do cheiro de chuva, do sorriso triste de minha mãe, da surpresa na leitura de um poema, dele cozinhando para mim, de minhas lembranças, daquele cão me olhando na rua. o amor sempre me pega do olhar ao rabo e passa de um lado a outro na rua. eu olho, já não é possível alcançá-lo. organizar a casa que nunca teremos. e me lembro então do tempo em que eu não sabia, e era bom não saber, era fácil não compreender. um tempo em que não se estudava o amor. não havia medidas, prazos, metas. a norma não reinava em meu corpo. era apenas o amor. e o amor não é mais um estado de permanência.

estou novamente sem fôlego, mas chego ao topo da rua. novo comércio, bares e oficina mecânica, ponto de ônibus e sacolão, um salão de beleza na esquina, outro um pouco adiante no lado oposto da rua. dois homens reviram o lixo colocado agora pelo funcionário do sacolão, ele aponta para os homens o saco onde se encontram os produtos menos estragados, não tão podres, apenas machucados. um ônibus tenta virar a esquina, mas um carro estacionado não permite a manobra. a buzina soa no ar ininterruptamente. algumas pessoas param, olham, mas ninguém faz nada. quando ainda podia dirigir, meu pai costumava subir por essa rua aqui ao lado, perpendicular à nossa rua, geralmente na sexta à tarde. voltava com um frango caipira abatido, o almoço de domingo, que minha mãe marinava no sábado, algumas latinhas de cerveja que o deixavam vermelho, e balas de cereja. muitas. as balas cheiravam longe, muitas vezes as sentia no hálito de meu pai, um cheiro doce enjoativo. depois que ele se foi, nunca mais chupei balas de cereja. tiro o cigarro da bolsa e acendo de uma vez. o primeiro trago me vem amargo e queima a garganta já seca, só depois é que consigo me lembrar do prazer, só depois é que sinto o gosto, a partir da segunda e terceira tragadas. me lembro justamente do dia. eu acabara de entrar para a faculdade. meu pai me pegou fumando nas ruas aqui de cima, algumas esquinas acima, com um grupo de amigos da época. um carinha que eu paquerava no meio da turma. era sexta à tarde, ele vinha no táxi com uma mulher ao lado. achei estranho a mulher estar ao lado dele e não atrás. ela de óculos escuros; ele vermelho. eu tentei esconder o cigarro mas não deu tempo. ele parou o carro e disse calmamente para eu ir para casa. agora, ele disse. e arrancou o táxi. fiquei ainda um tempo por lá, atônita, sem saber o que fazer. os meus amigos também atônitos. o paquera bonito esboçou alguma reação, quis dizer algo mas desistiu no meio do caminho. quando eu cheguei em casa ele já estava me esperando e quando fui dizer qualquer coisa sem saber o quê, a mão de meu pai voou. o peso me virando o rosto. a ardência e a vergonha seguidas das palavras puta e vagabunda ficaram cravadas ali no chão da sala da casa. os meus olhos marejados mirando o chão de taco, brilhantemente lustrado por minha mãe. fiquei olhando o chão enquanto ouvia meu pai sair da sala, os passos colantes do sapato emborrachado, passar no quarto e pegar as chaves do carro. me lembro ainda hoje do barulho do motor, o portão abrindo e fechando. nunca mais falei com meu pai. quando consegui uma reserva de dinheiro com as aulas particulares e a bolsa de iniciação científica, saí e nunca mais voltei àquela casa. foram muitos anos de silêncio entre nós, quase duas décadas. encontrava-me com minha mãe algumas poucas vezes no ano, em lugares aleatórios, falávamos por telefone nos momentos em que ela sabia que meu pai não iria chegar. mesmo no hospital, quando ele ficou doente, pra morrer, manteve o ar reservado e ressentido. não se virou para me olhar nem suspirou para tomar fôlego. altivo como em seu uniforme da cooperativa de táxis. mesmo de fraldas geriátricas, mijando sem vontade, cagando sem saber. morreu teso em sua honra.

é triste e engraçado perceber que o amor caminha tanto ao nosso lado, seu hálito em nossa nuca, acenando no espelho de frente, enquanto o ignoramos esperando encontrá-lo na próxima esquina, assim que virarmos aquela esquina, a outra esquina, a justa esquina, a minha esquina. agora estou eu aqui bufando, reclamando baixinho. vi que o adorava pelo avesso. não que eu estivesse cega, ou surda, ou muda. não fui enganada. os sinais para mim eram claros. tinha aquele certo jeito de andar, algo na modulação de sua voz, o seu rosto quando olhava para baixo e, tímido, sorria de lado. o seu braço. as palmas quentes de suas mãos quando me tocavam. a sua presença na casa. imaginava um perfume só nosso, ou que nele coubéssemos com o meu e o seu cheiro (o amor é só a lembrança do amor).

e todo ar era sufocante longe dele. meu corpo doía, senti minhas extremidades, estupefata diante do novo, da surpresa, não soube o que fazer, queria estar ali de algum jeito e ficar ali por um tempo, ficar para sempre. mesmo doendo. mesmo querendo doer. estava ali, era o suficiente. senti o chão debaixo de meus pés, e o tempo me caiu como um vestido, meu vestido. era também a minha vez. era uma vez. e à frente praia trilha estrada avenida a caminhar. debaixo, os pés. vi a lua refletida no mar. brinquei. foi aí que amei o amor, sobre todas as coisas do céu e da terra, amei o amor e o gestei como um filho, sentindo-o em mim sem conhecê-lo. foi o começo, o meio e o fim. com ele me deitava e, sem ter dormido, com ele também me levantava. depois não ouvi mais o som de seus passos e preferi o silêncio em mim. quantos pontos finais cabem em um enredo?

tento achar uma lixeira para jogar a guimba do cigarro. não vejo nenhuma e jogo no chão. piso com força para apagar a brasa. o ônibus finalmente consegue dobrar a esquina, o motorista enfurecido passa acelerado pela rua. todo o carro balança e bufa. parece um vaqueiro tentando domar um grande animal metálico. o barulho da buzina permanece na minha cabeça. olho as horas, são cinco e vinte. só agora me dou conta da ironia de vir morar bem próximo de onde cresci. tantos e tantos imóveis procurados e analisados. sair mais ou menos fugida pela segunda vez. mas sair. começou a esfriar, o meu braço se arrepia. tenho de chegar até o carro.

caminhar por aqui. uma tarde de cada vez. entre todos e ninguém. a multidão como testemunha da morte de meu amor e um atestado de óbito. se eu paro, o amor me pega e acaba comigo. mas estou à espera. deixei o bilhete para ele e aceito a espera. deixei bem à vista o bilhete e estou novamente à espera. é preciso mais caminhar. me assento em esperança. deixo para trás alguém que me olha de longe, como quem passa por nós e pensa por um momento nos reconhecer, mas decide que é melhor permanecer como estranho. para mim, o amor sempre foi um estado de vizinhança. afinal, o amor é, na realidade, as coisas bonitas que falamos, as coisas feias que fazemos.

ele

e o que fazer com apenas duas mãos e um bilhete? o que fazer quando percebo que estou diante do amor e de seu fim? quando ainda há amor. a impossibilidade de ficar mesmo sem saber como sair. mesmo quando os laços estão puídos, e que, é nítido, os últimos gastos fios estão prestes a se romper. mesmo esgarçado, o laço prende, aperta, sufoca. e é tão doloroso quanto começar a amar. mal-acabado. ainda cheio de arestas, borrões e respingos de tinta pelo chão. farpas que nasceram para a superfície translúcida da primeira pele doem a qualquer contato. palavras repetidas. a sentença sabida, como a herança esperada sem nenhum testamento. o amor. o amor e o seu destino de arquivo, gavetas e álbum de fotografias. uma nuvem de poeira. neblina. um museu fechado pela sua inauguração. o amor e a fadiga da lembrança. o amor e o cotidiano esforço para esquecer, esquecer e esquecer para tornar a lembrar.

palavras persecutórias essas. os mortos nunca enterram seus mortos, ficam a lamber os ossos ainda que o cheiro lhes embrulhe o estômago. a lembrança, no amor, é uma de suas pernas, a outra manca em compasso. o amor já não pode mais sonhar o trabalho que era, a força que era. é um pretérito. como são os sonhos quando nos lembramos deles. palpável distância. outra vida. de fora, observo agora. de óculos. o amor entra na multidão e se perde. o amor perdido no centro da capital de seu país. não traz mais a roupa rota e não expõe seus andrajos, nem se destaca pelo traje exótico. apenas segue pela rua trocando as pernas, tropeça e para, cai, ergue-se orgulhoso e recomeça a andar. atravessa de um lado a outro na rua em balanço bêbado, esbarra em passantes sem se desculpar. o amor nunca foi gentil.

e se há algum brilho que o distinga, se há algo de rubro cobrindo seu corpo, o brilho se opaca sob um sol a pino, o vermelho se esbate e não lembra sequer sangue, muito menos vergonha. vermelho amargo. é com o corpo antes da roupa que o amor segue. mas a ninguém espanta sua nudez. é incógnito o amor. foi domesticado. como o cão do vizinho ao lado que não vê motivo algum para se levantar quando passo em frente. e se houve algum tempo em que se sentiu único, agraciado por alguma divindade que por um ou dois segundos baixou o olhar – displicentemente –, esse tempo já não existe. não há olhos para o amor, já não há tempo do amor. não se importa mais o amor. apenas segue. e aquele sonho colhido mesmo em estado de sono é agora letargia, e do pomo encarnado que um dia a imaginação ousou entre as mãos resta apenas o ritual, símbolo vazio. como religiosos de mãos postas esperando o que nunca vem. apóstatas do amor.

mas agora devo resolver o equívoco, entender o amor e sua equação. acho que alguém disse – ainda resta o coração. é o que dizem. mas recomeçar é tornar ao início, como na etimologia da palavra verso, que já conheço, e esse começo agora finda-se de vez. ponto final. o novo é sempre vizinho da morte. é preciso lançar-me na insegurança de um tempo que se abre, mas já vivido em todos os seus minutos. desbravar a estrada já percorrida, conhecida palmo a palmo, vencida, abandonada, pisoteada, irreconhecível. que merda. a quem estou enganando? como se o que existia anteriormente fosse a segurança do conhecido. a perfeita vida vivida. não resta sequer a dúvida, estou agora no castelo da certeza, no reino encantado da consciência, direita, pétrea, devidamente equilibrado no fio esticado da vida. sou eu quem me navego. que ironia. que balela. que mentira. que grande merda. o amor e a sua fragilidade. sansão com o corte de cabelo da moda, sísifo acrobata. tirésias gagá. o pescador que pesca a própria rede e permanece parado, ao sol, queimando. merda. não há mais verbo no amor.

o amor. estranha salomé o amor, que despe pouco a pouco os seus sete véus e ao final se vê nua e ridícula ao descobrir que a beleza estava no gesto que fazia ao deitar os véus ao chão. puta. vagabunda. majestade cultuada que se vexa quando exposta em celebração e dá logo mostra de sua vaidade, de sua agonia, expõe sua chaga e perecimento. vadia, puta-filha-da-puta. o amor. o amor. o amor. o que já conhecemos de antemão como finito e mesmo assim decidimos experimentar como se pudéssemos contra ele alguma modificação, algum sopro eterno, alguma criação. diante do abismo saltar é a única opção. de início, com fôlego e coragem, mas logo o abismo nos sufoca e nos arranca tanto o fôlego quanto a coragem, e o que resta é o susto arrependido do impulso. e um corpo que cai. alguém disse que o amor é uma chama. e tem razão. chama de vivo fogo que se une a outro fogo mas de distinta combustão, anulam-se um e outro nas cinzas que sobram ao chão. isso sim. as cinzas das horas. o amor.

que deus egoísta, o amor. devorou minha casa, meus amigos, minha cidade, minha língua e me deixou prostrado a seus pés, escravo de seu delírio. saiu de minhas carnes o amor. partiu. nem rima pobre ficou, é indiferente o amor, é arrogante o amor. levou minha força entre as pernas, o direito da ordem e do grito, a cabeça erguida pela rua, o respeito, a palavra. a honra. me deixou sem nada o amor. e agora tenho duas vezes o nada. formas do nada. nenhum mistério no amor. se o amor me beijou, seu lábio deixou oculta cicuta, nem pude oferecer a outra face. o amor se viu no espelho e revelado permaneceu imóvel e diante do espelho não mais saiu. morreu de inanição o amor. acreditei no amor e esperei repartir o pão e multiplicar o gesto. vinde a mim, eu disse ao amor. mas fui traído. deixa um rastro de miséria e destruição o amor.

experimento também – o casamento acabou. digo isso em voz alta pela terceira vez e com o bilhete na mão. repito amassando o bilhete na mão, já sabendo de cor as palavras escritas no bilhete, mesmo antes de retirá-lo do tampo de vidro, em cima da mesa. olho ao redor da sala aberta, a cozinha em silêncio ao fundo, os armários brancos da cozinha muito limpa, tudo muito limpo, muito organizado. não há louças para lavar, não há pratos para se preparar, não há garrafas sobre a mesa. a cozinha limpa e organizada. mas agora a casa devassada. quando cheguei, apenas uma cadeira fora do lugar, como que me convidando a sentar. como que me avisando – você não vai aguentar, é melhor desabar o seu desespero aqui, com decência, o chão vai te fazer ainda mais patético. é o que lhe resta. a vergonha será menor assim, não vai adiantar qualquer outro recurso. a cadeira manchada feito pátina que pouco lembra o branco de sua chegada.

repito pela quarta vez – o casamento acabou. repito para chegar àquele ponto em que a repetição naturaliza a situação e esvazia a frase, para me livrar da situação e da frase, do amor e da repetição. faço isso no meio da sala. digo isso ouvindo o som de minha própria voz ecoando pelas paredes pintadas e repintadas – de branco neve ou branco gelo, alternadamente – tendo o quadro de motivos abstratos ao centro, presente de um amigo pintor, as persianas das janelas baixadas do lado oposto da sala, e desde a primeira vez que disse a frase me senti ridículo. penso nessas paredes que me escutaram, nesse teto que me acolheu, essa casa que me abrigou durante todo esse tempo. essa casa que agora perde um de seus nomes. essa casa que vai ver seus vazios se ampliando, o silêncio se assentando nos móveis, no bufê já faltam alguns porta-retratos. acho que dois. não, um. não imaginava que fosse assim tão rápido. se alguém me visse agora, também me acharia ridículo e talvez ficasse aguardando o próximo momento ridículo. em qualquer lugar do mundo o ridículo é terreno proibido para o amor. a comédia do amor se extinguiu. e nunca houve algo de divino nisso. muito menos didático. aqui não há lugar para o amor. não consigo me sentir melhor. não consigo me desvencilhar do peso que a expressão possui. me sinto roubado. me levaram a vontade de futuro. me tomaram o espelho que me fazia melhor. me arrancaram outra costela. e um olho. alguns cabelos. a oportunidade de escrever minha própria tragédia. ou farsa. a minha novela. e o que tenho diante de mim é apenas uma página em branco. gritante. o grito de comunhão com o mundo inteiro, mas vazio. eram quantos os porta-retratos da sala?

e agora vou me dar conta de que este momento já estava anunciado, vou me dar conta de que presenciei cada instante preparatório para o que sinto agora, vou me dar conta de que fui testemunha desse amor que se deixou morrer, desistindo pelo caminho sem deixar de andar, sem pernas e caminhando, jogando pistas para o futuro, para adiante, desprendendo-se aos poucos de mim que ilusoriamente teimava em não acreditar. crônica de uma morte anunciada. como em um ensaio fotográfico, os modelos fazendo pose para parecer natural o momento mais que programado, artificial, o gesto, o sorriso, o olhar desvencilhado, tudo agora posso recompor em pedaços, retratos em que não mais me reconheço. pedaços do amor que se desprendiam no momento exato da fotografia. só depois é que percebemos o que realmente a foto registrava. imagens. apenas imagens. a cristalização do momento que não existiu. a representação do amor. personagens do amor. as máscaras do amor. artifício do amor.

mas alguém disse, se calhar tudo é símbolos. separação. lembro-me agora do olhar desviado, ao chão, as mãos pendentes, o corpo afastado, retraído. a existência que se fragmenta cada vez mais e se perde. um pouco de mim lançado ao mundo, mas a ninguém interessa de onde veio e nem para onde vai. mais um que se perdeu na roda dentada do amor. a roda circunspecta e inexorável do amor, entrei para a estatística apenas. alguém perguntou certa vez – em que espelho ficou perdida a minha face. como os cabelos que diariamente vão-se embora no banho, sinalizam a partida uns fios restados no ralo, mas teimamos em acreditar que o que fica na cabeça é ainda suficiente para não nos alarmarmos com a perda. pergunto-me se se torna um costume, ou uma constante, se há um fundo neste precipício. eu, que imaginei a queda como um salto consciente. o que vejo agora é uma bússola esquecida na gaveta. grande merda. agora me sinto como adamastor, quedado em meu peso, ilhado, meu corpo apenas e o mar revolto ao meu redor.

a grande safra da morte no amor. uma semente aqui derramada acaba por sufocar a outra, como dois menos um é igual a zero. a matemática absurda do amor. o saldo negativo é também resultado de meu investimento. de nada me valeu poupar e me preservar para o futuro. achei que diante do esforço desprendido eu era merecedor. e fui contrariado. o capital do amor é sempre liberal. é deficitário o amor, isso pouco lhe importa. o amor não sabe gerenciar sua dívida. consumir, consumir e consumir já, até à exaustão, até à míngua. a economia do amor. o preço do amor. nos deixa miseráveis o amor. me acomodei e entendi o amor como direito adquirido. básico. universal. achei que eu sabia mais, que eu tinha o controle. não o olhei de volta. não reparei o amor moribundo deitado em uma esquina esmolando, a contar suas moedas que tilintavam no prato raso de alumínio. saltei as suas pernas, virei a cara e não olhei para trás.

não teve tutor nem família o amor. é exigente e impulsivo o amor. ouvi uma vez que o coração é um lugar sem comportamento. coração é terra que ninguém vê. é semente daninha, cresce sem limite algum e consome diariamente seu hospedeiro. mesmo nas pedras. nos espinhos. no meio do caminho. até a morte. até o fim. é voraz. é insaciável o amor. crescei e multiplicai-vos, disse o amor a seus ramos enquanto sufocava o coração. quis conhecer o amor em fundo mergulho, alto mar, mas me encontro à beira da praia me afogando em chão raso no gosto da areia e do sal e recebo em minhas costas toda onda que quebra. nenhuma boia ao meu alcance. me sufocando em poça d'água. espelho do amor. engasgado com o amor. o amor fez ouvidos moucos quando caí em mim e botei a boca no mundo. não fez gesto algum de comiseração. não anunciou sequer a sua partida. fugiu sem argumento. ingrata, arrogante, mesquinha, filha da puta.

e digo também em voz alta, pausadamente, permanecendo no ridículo, andando para lá e para cá no meio da sala sem me resolver se atendo ou não ao chamado da cadeira para me sentar. desabar. mas não há ninguém aqui para me amparar, colocar a mão em minhas costas enquanto caio. estou só. insisto dizendo, ainda com o bilhete nas mãos – separação, escandindo as sílabas. tento outras formas de pronúncia para a expressão, rápida e calmamente, sussurrada e em alto tom. continuo patético em todas elas. não sou eu quem fala. escuto as palavras mas parece que saem da boca de outra pessoa. incrédulo. eu, imóvel diante da cadeira que me chama. daqui dá para ver um pedaço do quarto, o armário ao fundo de portas abertas confessa a retirada de roupas e apetrechos. o provimento necessário para a fuga. para a rápida saída. impensada saída. daqui imagino a cama feita, arrumada com esmero e elegância. imagino os braços erguendo o lençol, que se abaixa inflado de ar e cai devagar, depois acertando as laterais, esticando aqui e ali o pano nas medidas das costuras ou de algum detalhe da estampa do tecido, as mãos acertando as dobras da superfície, acariciando o liso da cama. separação. e a palavra fica boiando pela metade.

afinal, é preciso me acostumar, as pessoas se separam, a tia, o primo, o vizinho de frente foi embora ano passado, não sei como estão as coisas. todos se separam. aquele casal da foto nunca mais será o casal daquela foto. todo o mundo se separa. aquela colega saiu de casa em um domingo. de sol. pela manhã. foi embora. deixou marido e dois filhos. não voltou. num domingo de sol pela manhã. o amigo se casou enquanto fazia o mestrado e se separou no doutorado. na primeira vez achou que o amor daria conta do trabalho; na segunda, que o trabalho daria conta do amor. fracassou nas duas tentativas. de fracassos é todo o esqueleto do amor. a estrutura do amor. fissuras, fendas, fraturas, trincas, rachaduras, vazios. um frankenstein balbuciante, assustado com a sua construção, mudamente espantado diante da própria condição. como um campo de batalha. caminha entre mortos e feridos o amor. diz muito pouco o amor. tem gagueira o amor. é desajustado, quebradiço e frágil o vocabulário do amor. é pueril a sintaxe do amor. é repetitiva a língua do amor. tende ao silêncio a linguagem do amor.

quando o encontramos, erguemos as mãos e nos entregamos como a criança que se deixa levar pelo adulto. se o próprio corte deixa marcas da incisão, o tempo altera as bordas, a textura, esbate a cor, fornece ranhuras, altera a forma, a separação já não é trauma suficiente. de que buraco saiu o amor? o amor e a história do amor. o amor dos nobres, dos arranjos sociais, o amor dos deuses, o amor camponês, o amor escravo, o amor cortês, o amor liberal, o amor burguês, o amor conservador, o amor bandido, o amor selvagem, o amor progressista, o amor político, o livre amor, o amor assassino, o primeiro amor, o amor de conveniência, o amor de verão, o amor clandestino, o segundo amor, o amor interesseiro, o amor verdadeiro, o terceiro amor, o último amor, o grande amor, o amor da vez, o amor de ocasião, o novo amor, o amor à primeira, segunda e terceira vistas. o amor sempre foi um generalista. redundante. muito pouco criativo, dá voltas em si mesmo o amor. não passa de um móbile em espiral o amor, reconhecido em cada casa. é o mesmo amor travestido em cerimônia. os ritos sociais do amor.

o amor e seu ritual enfadonho. epitalâmio elegíaco. as exéquias das núpcias. o amor. o casamento. dizem também que casamento é coisa do passado, ritual muito antigo, velho móvel apodrecendo na rua, ignorado pelos que passam ao largo, caduco. a posse declarada aos olhos do mundo. a enfermidade do amor no casamento. a loucura do amor no casamento. o cotidiano do amor. o processo. a burocracia do amor. a metamorfose. a transformação. esposo é palavra que não se usa mais. tampouco esponsal. o amor. a grande máquina do amor, por todos os séculos a dilacerar a carne humana, macerar os corações, obnubilar as mentes, a extinguir sem nota alguma de remorso as almas todas. o amor e sua obsessão por fôlegos e suspiros. o amor sempre foi um colecionador de sustos.

e todos dizem que é preciso um olhar pênsil. mas seria legítimo perguntar como sair de um estado de perplexidade para outro estado de perplexidade. é isso. perplexidade. saco. merda. agora estou eu aqui olhando para trás como orfeu olhou eurídice e me perdendo nas palavras. o limite intransponível das palavras. as portas e beirais de pedra das palavras. o inferno das palavras. estranha vida a das palavras e sua constante transformação, carregam a destruição de todo um mundo que nunca me pertenceu. as palavras nunca fazem amor. palavras que morrem. um mundo que morre. os caminhos do amor levam sempre ao inferno. como procusto, o amor me convidou para a sua cama, decepou meus pés, esticou meus braços, quebrou-me os ossos do corpo.

o amor, dizem, é fonte caudal que em pouquíssimo tempo seduz pela opulência, o jorro de vida, o vigor de suas águas. frescas e cristalinas. dizem. que bobagem. o que encontramos é apenas sede. ininterrupta sede. o amor nos faz tântalos voluntários. e se nos chega ao lábio o respingo do líquido ilusoriamente brilhante, sedutor, logo se reconhece o amargo de seu remédio. é azinhavro o amor. é sempre cólera o amor. um gole basta.

o amor, dizem, é terreno fértil desde o pomo adâmico. mas o que tateamos é a estéril areia de sua ampulheta. e o horizonte que antes não cabia nos olhos é agora vale vazio e seco. o amor foge se esgueirando entre braço, cintura e cotovelos. o amor foge debaixo dos olhos. é arisco o amor. é escorregadio o amor. o amor nunca gostou das palmas das mãos. nunca gostou de ser tocado. usa luvas de pelica o amor. a lava do vulcão à beira-mar que conhece o seu destino de pedra. javé, duro e severo. e o que anuncia o vento é o chiado de sua extinção. dissipa-se no ar o amor como estranho som. não canta mais o amor. o amor não sabe mais ler sua partitura, coberta de poeira. está na solitária, não vê o sol e não se arrepia mais com o vento o amor. não divisa o horizonte o amor.

o amor permaneceu imóvel diante do canto das sereias, indiferente. e as sereias cantaram até perderem a voz, perderem a cauda, unhas e escamas. o canto das sereias cessou diante o amor. quebrou-se, mono tom, monótono. lançou-se contra os próprios remos o barco do amor. como as cigarras que ao entardecer cantam com as asas, vibram elétricas o corpo. até estourarem. depois o silêncio. o amor se arrebentou em seu silêncio. o golpe certeiro, a espada cindindo. nem caprichos nem relaxos, só o gesto do carrasco.

o amor, dizem, não conhece barreiras e voa alto em direção a um céu iluminado. mentira. engodo. conversa de crianças. o amor não voa. não passa de um ícaro afobado, afoga-se rápido e pesado. o amor me levou ao topo do monte no deserto e me mostrou delícias, prazeres sem conta, um tempo de sonho e torpor, jardim de belezas, o amor me disse – aceita, e tudo isso será seu. balela. ironia. mentira. traíra. mesquinho. papo de vendedor. as armas do amor. o jardim prometido agora é pântano sem vida em que me acho afundado, chafurdado, a lama pútrida me enlaçando o pescoço comprimindo a garganta, o sufoco na frialdade inorgânica da terra. mesmo rouco gritei e clamei pelo amor, mas o amor é surdo e nem nome tem para chamar. ergui casa, medi cômodos e conforto, cobri telhados e subi paredes para abrigar o amor. sequer olhou o piso, não reparou nos adornos da edificação, saiu a fugir pelo quintal entre flores secas, restos de obra e esterco. é agreste o amor. merda. saco. e não. não fui poupado.

daqui onde estou não consigo ver o banheiro, provavelmente remexido, muito menos o quarto da biblioteca, o escritório conjunto. os nossos livros nas mesas, no chão, nas prateleiras. a bagunça organizada. os livros que se misturaram em nossas prateleiras, os que conjuntamente foram usados em nossos escritos. as anotações, grifos e dedicatórias. os rascunhos do amor. não consigo ir até lá. ver os espaços vazios nas prateleiras. em uma das mesas vazia. os livros que faltam. os textos que faltam. as palavras que faltam.

mas consigo chegar à sala de televisão. o sofá de três lugares. a decoração de uma sala de televisão. tudo muito arrumado. limpo. muito limpo. daqui da porta sinto em minhas costas a sombra do escritório, o vulto das estantes. não sinto a mínima vontade de me sentar no sofá ou de entrar na sala. o vendedor me garantira a medida, a qualidade do tecido, o conforto do sofá. nunca entendi o objetivo de um sofá de três lugares. desse lado do apartamento o sol já está caindo e uma luz fraca e amarela ultrapassa a persiana, queda no sofá de três lugares. casamento. separação. e sinto como que a sala não me pertencesse mais, como se estivesse aqui parado na porta indevidamente, inapropriado. muito diferente da naturalidade antiga, do ir e vir pela casa sem ter de pensar na casa. o amor mais nos engana para melhor nos abater. e quando dou por mim, estou novamente na sala diante da cadeira, da mesa de vidro, do bilhete sobre a mesa. qual o porta-retratos está faltando?

o amor e seu requinte cruel. julgamos ser benfazeja a ferida e estonteados pelo golpe suportamos a dor sonhando a cura. mas a ferida é desde sempre aberta. febril. mastiga vidros, pedras e britas o amor. mentira! embuste! nem jovem o amor é. não passa de um velho arquejante e mal-humorado, caduco e gagá, perdido em seu delírio, carregando suas quinquilharias como um tesouro guardado, mas conhecido de todos. ouvi por aí sobre a harmonia do amor. que engodo! que furada! que presepada! o amor nunca gostou de rimas, métricas ou acentuações. não há melodia no amor. não há compasso no amor. não há arranjo no amor. não passa de música de elevador. entre um e outro andar se esquece o amor e ficamos mais interessados nas saídas de emergência. essa dupla natureza do amor que desde o início anuncia o seu próprio fim, como aqueles generais de roma, ovacionados pelo povo, traziam consigo um escravo que a cada aplauso lhe soprava ao ouvido – tu és mortal, e morrerá. o general, o escravo. o amor. o amor roto e moribundo caminha dizendo o próprio nome, procurando sua essência que é, no fim das contas, o seu fim. esse lago de águas quentes mas escuras em que se perdeu narciso, e lá ficou, cego, em busca de si mesmo, já no primeiro ato deixando a plateia a pensar na coxia. o amor e seu teatro. péssimo dramaturgo o amor, senhor de roteiro único. um dom quixote plenamente lúcido, de antemão derrotado diante o moinho que só o vê como moinho. o amor é um puta procrastinador. um charlatão que só consegue fazer desaparecer a si mesmo. o acidente logo ali na próxima curva. a dúvida pulsante do aneurisma. o amor.

somos todos estrangeiros na pátria do amor, decoramos o mapa em cada linha, divisamos os limites, as fronteiras, as rotas e atalhos possíveis, as pontes e os pousos; memorizamos as fotos e compramos a prazo os bilhetes, mas nunca conseguimos visitá-la de fato. a terra do nunca do amor. esse país de difícil geografia, de fronteiras moventes, de mil e uma línguas, os homens em eterno solilóquio, babel horrenda. cada um toma o caminho para a distância. a solidão do amor. não há forma nem exegese no amor. não há comida para todos, não há alimento para todos nessa madrasta pátria, agora minha pátria. o amor há muito não lavra a terra, não alcança o chão, agricultor de névoa. mas algum outro disse – o pior amor do mundo ainda é melhor que o mundo. duvido. besteira. bobagem. versos de circunstância. contos de aprendiz. é o que dizem. o amor. o amor. o amor.

achei que o amor fosse cego, surdo e mudo. não é. se fosse, teria alguma razão para existir, para resistir, para persistir. o amor é míope e só dá ouvidos ao que lhe interessa. o amor não é mudo, vive a bradar pelas ruas, berrando impropérios. é boquirroto o amor. o amor. sinto o peso em minha nuca, os ombros doídos, o ar seco pesa em meus pulmões, o calor e a baixa umidade lá de fora deixam tudo mais difícil, tenho os braços pensos e as palmas das mãos suadas. acho que estou manchando o bilhete. separação. acho que estou estragando o bilhete. separação. abro uma das persianas e uma folha da janela. a tarde lá fora cai no horizonte em chamas. o tempo seco, a poluição e os gases da cidade fazem do ocaso tela de guignard. penso na gravidade incidindo em meu corpo. a impotência. é preciso matar o amor. me sento na cadeira olhando a janela e coloco o bilhete amassado novamente no tampo da mesa. tento inutilmente desamassá-lo enquanto sinto os dentes cerrarem e os olhos marejarem. os sintomas do amor.

respiro e experimento novamente a voz – preciso sair. embora tremida a voz, a frase agora não me soou tão ridícula. falo olhando novamente ao redor, a sala, os móveis da sala, as cadeiras, o bufê, o quadro abstrato, a luminária, o tapete, os porta-retratos, a mesa de onde retirei o bilhete, a casa, com os pertences da casa, que agora me caem na vista como aquilo que são, objetos da casa, incorporando-se a um momento do passado, como o que digo agora, e o que digo – inclusive a palavra agora – já está no passado. como neste exato momento as palavras e o amor pertencem ao passado. casamento. separação. como nas fotos antigas, como nos olhamos nas fotos antigas. como olho agora para o bufê e para as fotos e tento reconstituir pela memória o porta-retratos que falta. as imagens que levaram de mim. tento olhar as minhas mãos, as mesmas mãos que marcam um pêndulo quando estou em movimento – eu, que quando ando, ando sempre atrasado, sempre antes de minhas mãos –, talvez eu sinta isso também em meu corpo e perceba outra luz em minha pele. perceber o passado na própria pele, as mordidas do tempo, as marcas do amor. os hematomas que nascem já sem vida, de um vermelho opaco, que nunca arderam, como as palavras do bilhete ainda amassado em minhas mãos que foram escritas em um outro tempo, em outra vida. separação. alguém disse também – é preciso coragem. mas a coragem está tão distante quanto os objetos da casa, quanto a cozinha clara ao fundo, como a geladeira que nos seus diferentes sons de máquina parece agora tremer de frio e padecer. a vida dos objetos. e o que sinto de imediato é enjoo no estômago. e por reflexo deixo meu corpo se arquear ainda mais na cadeira e o que consigo é dobrar-me sobre mim mesmo num caracol enredado pelo enjoo. pelo enjoo sinto todo o meu corpo. e por um momento me sinto nu. e a esse sentimento de nudez, da minha carne exposta a mim mesmo, desse meu corpo marcado, reajo com asco e me levanto de uma só vez para me dirigir à porta – é preciso sair. olho o relógio, já são cinco e vinte e preciso ir embora, mas antes guardo o bilhete amassado no bolso. o bilhete e a palavra.

das artimanhas do discurso amoroso

e o amor não é mais um estado de permanência.

Kaio Carmona

Quem teria escrito a carta que introduz o livro, e que segue na versão manuscrita, preenchendo uma página, em linguagem simples, carta de despedida com os pormenores que marcam a relação desgastada que leva finalmente a uma decisão inadiável?

Essa carta, que abre a novela ou o breve romance de Kaio Carmona, *A casa comum*, é não só um documento que marca o início de um relato subsequente, mas o primeiro elemento instigante de uma história que tem, no desenho da caligrafia ali reproduzida, aparentemente espontânea, o motivo do romance e a indagação irremediável: das razões da separação.

E a indagação persiste ao longo desse livro, em que o narrador segue suas duas personagens, parece que perscrutando o fio motivador do enredo: a separação de um casal e as consequentes reações de um "ela", seguidas pelas reações de um "ele", reações dela e dele, com suas especificidades.

São essas especificidades que compõem a novela. Diante do fato – a separação – que chega por intermédio da carta, documento que abre as cortinas de término de uma fase de vida – o que fazer? Ou: como cada um dos dois reage?

Se o tema é comum no campo da tradição romanesca, nesse livro ganha novas dimensões, pois essa perquirição se faz aos poucos, em cada detalhe, num fluxo de linguagem que nos soa natural, deslizando pelos blocos gráficos de cada página, uniformes na sua formatação sem maiúsculas, e com sutilezas criativas a cada lance da narrativa.

Ela quem? Ele quem? Eis as questões que o livro propõe. E, de certa forma, e até certo ponto, responde. Como?

Um 'ela' que se desvenda na sua própria história, conta, pois, em primeira pessoa, o que lhe acontece. O 'eu' que relata está ciente do que faz, com cenas e epílogo, narrador que conhece o modo como se constrói sua própria linguagem. Trata-se de personagem 'ilustrada', no sentido de 'educada, esclarecida', com nível intelectual que lhe permite escrever artigos.

E que se revela ao leitor aos poucos: na sua decisão pelo não, pela recusa em prolongar uma vida compartilhada, com ódio pela mentira, quando decide romper a relação.

Mas não só. A partir das andanças da personagem, desvenda-se o seu contexto. Abre-se a narrativa para o espaço que ela percorre pela cidade, com prédio de apartamentos, bairros, comércio, mercado, banca de jornais e padaria, árvores podadas de modo errado pela prefeitura, a praça com bebês e babás. E para os seus habitantes: meninos que pedem esmola, guardas de segurança, bando de estudantes, moradores de rua.

Uma arquitetura urbana desvenda-se para o leitor, sugerindo semelhanças com a cidade que pode ser a sua: mas qual cidade? Não importa. A cidade de muitos habitantes assegura sua autonomia enquanto 'fictícia', por onde "ela" caminha, após deixar a carta para ser lida por "ele".

Abre-se também o "baú de memórias", do tempo em que ficou calada, após discussões com o companheiro. E de um tempo mais remoto – a infância pobre, de filha de taxista, pai autoritário e violento, que deixa cicatrizes emocionais. Nesse sentido, a mudança, logo que lhe foi possível, do bairro pobre da favela para território compatível com seu grau de instrução, lhe soa como alívio.

De qualquer forma, o que ganha densidade nessa novela é a necessidade de uma libertação, de sentir seu "corpo pulsante". Libertar-se do que prende.

"e sinto um cansaço imenso do que foi. do que fui. do que podia ter sido e nunca foi."

E é aí que a linguagem romanesca assegura seu maior valor criativo: a elaboração de imagens que traduzem as diversas reações diante dessa decisão.

São imagens fortes, concretas, como a do açougue, em vermelho e branco, com sua "carnificina organizada", registro da pungência da vida.

Ou do amor como uma besta, com energia erótica, em trecho que convém aqui transcrever:

"acompanhei em horror o amor devorar meus pés, arrancar um a um os meus dedos. senti suas finas unhas espetarem meu olho. afônica, deixei que mastigasse minha orelha, decepasse minha língua. deixei que me devorasse. e quanto mais entranhava suas garras em mim mais oferecia meu peito."

Ou imagens mais leves, como a do amor como uma viagem, que no entanto desmonta e surpreende.

De qualquer forma, há um saldo negativo: "na realidade, o amor retira muito mais do que dá."

A força da reação é tão forte que o amor assume o protagonismo do discurso: torna-se personagem: "vi o amor caminhar adiante, sair pela porta da frente, passar jardim e portão, chegar à rua, calmamente dobrar a esquina e sumir de vista."

Mesmo porque as personagens estão ali a seu serviço, acompanhando as ações desse sentimento e de suas artimanhas, daquele que vem e que vai, deixando os amantes na solidão. E com cicatrizes. E com tentativas de entender o que se passa no presente e o que se passou, em diferentes períodos de um passado mais e menos remoto. Do ardor ao cálculo, da paixão à razão.

Ao caminhar para espairecer, já fora de casa, também pelo exercício da memória, ela, a personagem, recupera espaços de convivência e de prazer: é o caso da sala do apartamento com as cadeiras brancas confortáveis onde se sentava para tomar café. Simples fatos do cotidiano que emergem, a partir da difícil ruptura recentemente assumida.

E o imaginário abre frentes de sentido ao incorporar nesse discurso amoroso a força das alusões, no entanto sem artificialismos, e bem encaixadas na trama.

"julguei ter meu nome escrito nessa cartografia do amor. achei que merecia meu papel, meu espaço, fosse aurélia na janela, fosse o encontro de iracema, fosse o destino de lúcia, fosse atriz, fosse beatriz."

Esse é um exemplo entre tantos outros que remetem à tradição brasileira e que apontam também para a tradição europeia. É o caso inclusive da alusão à história de amor entre Abelardo e Heloísa. É o caso do também repertório mítico de uma cultura clássica, com figuras que se o leitor não conhece, é convidado a conhecer, a partir justamente do papel que aí exercem na narrativa. E como não se lembrar da Macabéa de *A hora da estrela*, de Clarice, a partir da referência às "macabéas" mencionadas pelo autor?

Talvez o procedimento mais surpreendente desse narrador esteja na sua facilidade em deslizar entre espaços, tempos, personagens, situações, mediante pontos de ancoragem que podem ser localizados entre um fato mais próximo (como o destinatário leria a carta?) para o mais remoto (o nascimento do amor).

E de, nesse percurso, construir sistematicamente situações a partir de enumerações – listagens de 'componentes' de um contexto que, expostos em sequência, compõem verdadeiros 'quadros' tanto pessoais, íntimos, quanto coletivos, sociais.

"de cima vêm o flanelinha da rua, as atendentes da padaria, o menino pedinte, o segurança do mercado, as balconistas da drogaria, as macabéas do bairro. de cima vem a minha diarista, madura e sorridente. queimada de sol, com os olhos baixos e o pescoço enrugado, cortado por listras que se dobram um os cabelos brancos sob um lenço que nunca a vi retirar. pisada e repisada pela vida. aqui de cima é que eu também vim, descendo cedo todos os dias para o colégio no táxi de meu pai."

Resta-lhe falar – e nos passar também aquilo que falta: "e o que me resta é falar e falar e falar do que já foi. do que não foi dito."

Curiosamente, na segunda parte, destinada ao discurso amoroso dele, mantém-se uma estrutura de linguagem uniforme, que recorre a determinados recursos conhecidos, já usados na primeira parte do livro: as alusões, por exemplo. Volta um repertório que remete a dados de literatura brasileira e de outras. Mas a personagem em foco é outra. E o leitor há de constatar a diferença…

A linguagem torna-se mais violenta, incorpora palavrões ou palavras de baixo calão, que bem traduzem revolta e indignação.

E se ocorrem também deslizamentos entre palavras e expressões que se somam em sequências, há sutil mudança de tom e de intensidade. Afinal, trata-se de um novo ponto de vista em relação ao mesmo documento: a carta. E quando revisita a casa antes “comum”, não anda pela casa como antes. Mais vê do que habita essa casa, transformada numa outra: “a terra do nunca do amor.”

Também para a personagem ‘ele’, independentemente do papel diverso que exerce na trama, enquanto não mais emissor mas destinatário da carta, o amor causa estragos. Daí a imagem de guerra: “a estrutura do amor. fissuras, fendas, fraturas, trincas, rachaduras, vazios. um frankenstein balbuciante, assustado com a sua construção, mudamente espantado diante da própria condição. como um campo de batalha."

Segundo o narrador, o amor "deixa um rastro de miséria e destruição." Ele, perdedor, se reconhece no amor frustrado: "o amor mais nos engana para melhor nos abater."

E se a casa é a mesma, a mesma cadeira que era um convite a tomar um café, agora, para ele, é o convite para que ali descanse e aguente o baque da separação.

Talvez uma diferença entre os dois discursos amorosos esteja na proposta de, nessa segunda parte, ceder a um pendor teórico, ao detectar, por exemplo, os diversos tipos de amor. A tentativa de explicação de tal sentimento torna-se evidente também em imagens que estabelecem uma relação entre a matemática e a economia do amor. Vale a pena citar esse trecho.

"a matemática absurda do amor. o saldo negativo é também resultado de meu investimento. de nada me valeu poupar e me preservar para o futuro. achei que diante do esforço desprendido eu era merecedor. e fui contrariado. o capital do amor é sempre liberal. é deficitário o amor, e isso pouco lhe importa. o amor não sabe gerenciar sua dívida. consumir, consumir e consumir já, até à exaustão, até à míngua. a economia do amor. o preço do amor. nos deixa miseráveis o amor."

Vários pontos ficam em suspense, a partir da leitura dessa novela, que instiga os seus leitores e leitoras, levando-os a indagações inevitáveis. A personagem mulher pergunta: "sua história seria a repetição da história de outras mulheres da sua família?" Eu acrescento: Essa história seria a repetição da história de outras mulheres de outras famílias? É o que poderíamos também perguntar em relação à personagem masculina.

Mas o mais importante nessas histórias dele e dela é o modo como essa história se desenvolve, por um narrador arguto, criativo, que registra com sutileza delicada e contundente as artimanhas do discurso amoroso, que tanto se impõe quanto, inexplicavelmente, se afasta. Indomável. Imprevisível.

Da casa comum à casa desabitada: a beleza está na travessia, que bem merece ser trilhada por você, caro leitor.

Nádia Battella Gotlib

1ª edição [2020]

Esta obra foi composta em Electra
sobre papel Pólen Bold 90 g/m²
para a Quixote+Do Editoras Associadas.